U0662514

两日晴，郁达夫

肖水 著

绝句小说诗

GUANGXI NORMAL UNIVERSITY PRESS
广西师范大学出版社
·桂林·

图书在版编目（CIP）数据

两日晴，郁达夫：绝句小说诗 / 肖水著．—桂林：
广西师范大学出版社，2021.8
ISBN 978-7-5598-3963-3

Ⅰ．①两… Ⅱ．①肖… Ⅲ．①诗集－中国－当代
Ⅳ．①I227

中国版本图书馆 CIP 数据核字（2021）第 125396 号

广西师范大学出版社出版发行

（广西桂林市五里店路 9 号　邮政编码：541004）
网址：http://www.bbtpress.com
出版人：黄轩庄
全国新华书店经销
湛江南华印务有限公司印刷
（广东省湛江市霞山区绿塘路 61 号　邮政编码：524002）
开本：889 mm × 1 194 mm　1/24
印张：$7\frac{1}{6}$　字数：136 千字
2021 年 8 月第 1 版　　2021 年 8 月第 1 次印刷
定价：58.00 元

如发现印装质量问题，影响阅读，请与出版社发行部门联系调换。

献给黄福站、吴剑英

（他们是我的父亲、母亲）

目 录

第一辑

短篇

晞露浮游

她下床，脑子里还满是他遍布烫疤的手臂。好长时间，他们都
双手交握在一起：她感觉自己被一架筛子，细细滤了一遍。水流
再度裂开她。窗外万象横陈，料峭又温煦。看他在床头抽烟，器官微微
立起。她敲了敲被雾气湮没的玻璃门，又把头顶的泡沫全然涂了上去。

2021. 3. 22

守灵

父亲将我托付给他，早离婚再嫁的母亲，倚在病房门口，没有说话。资助读完大学，他又留了一套房给我。他走时下了大雪，屋内一侧的玻璃上，都结了厚厚一层冰。我找到一只乌龟，在水蓬头下一动不动。忽然猫从窗帘后探出头来。它的爪子搭在我手上，像轻轻刮擦浴镜。

2021. 3. 18

自然光线

你加我微信时，是不是已料到了一切？我保证不是，

只是，我是一个愿意迎接危险的人。所以，可以说，我不怕。

知道我在观察你？不，但我天性里有种警觉，会自动走到人群边上。

奔涌又怯懦？大概吧，也因此刺猬才长了刺，蛇学会了躲藏到阴影中去。

2020. 12. 25

春日即事

不到正午阳光灿烂之时，草地上不会出现戴胜，但她定时都要
往那望一会。她每天开口说话都在菜场，重复询问价格，同种蔬菜
买好几次。孙辈渐渐去住校，大女儿开始搬回来陪她。她默默地
吃早餐，把蛋壳捏得细碎。完整剥离的鸡蛋，有种寂静无声的洁白。

2020. 12. 24

异星枝萤

那次，毕业典礼还没开始，人行横道两头，阳光很烈，他眯起眼
看了看我身上同样的学士服。再见已是两年后，在机场，我正与
朋友告别，他从旁边安检通道走了进去。匆匆找到去武汉的登机口，
发现他并非回乡。后来看了六年他微博。这个冬天，他想学会滑雪。

2020. 12. 14

举白尘

她亲手剪断了那条打了死结的丝巾，父亲再将她放下来。
天开始下雨。纸钱烧了一夜，就到了除夕。她又把她所有旧衣物，
都抱到小区门口。她抬头望了望自家阳台，刚点燃的香烛插在
花盆里，火光越来越大，那些天竺葵的枝丫，像一闪一闪的钨丝。

2020. 12. 10

天宁寺

还未登至塔顶，他就想去吻她。风很大，四面一片灰茫茫，
高楼将旧城区围成一个漏斗，而他们刚走过的木梯，仿佛一缕意念中
袅袅上升的青烟。后来，他们又绕着塔走了好几圈。天色渐暗，
望着被琉璃瓦层层推高的红色塔尖，他感觉自己和她都还留在里面。

2020. 12. 5

一二七八米

那天在星巴克，与朋友聊天。她对面翻看艺术杂志的人，忽然
起身去旁边空桌，挑了杯喝剩的咖啡。杯口留存的那圈白色泡沫
很快转移到了上唇，他伸出舌头，舔了舔。他的鞋头脱胶，翘起。
窗外，出入地铁的人们，像长毛的冬鲤，巢穴很深，机器在震动。

2020. 12. 3

在杭州

与他见过几次后，我约他来家里。去楼下接他，一起去
附近超市买菜。那天恰巧抽油烟机坏了，他不时在身边，帮我
扇着扇子。再见面几乎过了五六年，他喝得东倒西歪，忽然
捉住我的手。烟头像灰缸里的霓虹，玩骰子的人同时举起了盖子。

2020. 11. 28

忽忽不反

果子都已掉尽，但隔着玻璃，能看到枇杷枝丫上，
还留着一簇簇毛茸茸的柄。撑开伞，出租车停在雨中，
后备厢轻轻弹动了几下。一早，他就接到堂兄的电话，
母亲膝盖肿了三天。机翼下的南岭，茫茫大雪，积在云端。

2020. 11. 28

历历万乡

他下午醒来，去酒店附近走了走。另一个他，在离开上海的
高铁上。细雨蒙蒙，将无锡和苏州悄然溶散。看到他朋友圈定位，
好几个海南本地友人邀他去文昌。虽然他告诉了他，但他知道
他不属于任何人，火箭尾焰在辽远空宇中，像鸟滑落玻璃的抓痕。

2020. 11. 25

金陵刻经处

周末不能请经书，他退出来，又站在了那个路口。天气阴湿，
行人和车很轻易就粘接在一起。他闪立一旁。前几日，他翻检
旧物，看到十几年前他们的一大叠通信。其时，已极少有人
用笔写信了，而他送她的那本佛经上，现在，笔迹也应该旧了。

2020. 11. 22

山海浪打浪

即使接到了那个电话，他仍然照常走到地铁站去等即将下班的
女友。路上，他看微信家人群里，四个姐姐分享着各种照片视频。
他忽然想起，十几岁去老家的一个庙里还愿，母亲捧着一包米，
跪在观世音面前。她心满意足笑了一会，又委屈地，哭出声来。

2020. 11. 21

瑞芝邨

那时我刚来上海，被邀到他家做客。那是搭在石库门里小空地的
简易屋。厨房在门外屋檐下，餐桌饭后会被移开，木地板上相隔不远
铺好一家人的被褥。他母亲忙了半天，端上蟹炒年糕和酒香草头。
举起杯，他父亲才回来，雨水从薄膜雨衣上溜下来，脚下亮晶晶的。

2020. 11. 19

木韦陀

从初中开始，我们就很要好。那次同学聚会，租了一座江景院子。
歌舞偃息，篝火燃尽，已经两点。他不困，我也不困。他拿起手机
拍未开的昙花，我在阳台上喝啤酒。我们的女朋友，都进屋睡觉了，
我们聊到了天明。对面是座亮灯的铁桥，我向它吐了一亿个烟圈。

2020. 11. 18

野风娱人

在戈壁公路上，跑了很久。前面，泥河冲垮桥洞，车不得不
涉水而行。他乘机捡了几个奇形怪状的石头。到达阳关，他偷偷
将它们塞进了墙缝。天上的云，毫无戒备，人间事如一刀纸
修长的毛边。他站在减弱的光线里，等月亮变白、昼与夜相连。

2020. 11. 16

有尽无穷

火车到站，他才发现正与他身处同一座城市。有人避开出站的急流，偏向站台一角，点烟，长长吁出墨蓝色的一口。有人俯身贴紧车窗，玻璃在他挥动的手上，打滑。两分钟后，楼群被擦除，隧道与群山交替轮换。他把早已远去的位置发给他。在杭州东，他抛下一根绳。

2020. 11. 15

不告而别

每一天都结束得很突然。回到家，他们在不同角落，用多只手机，同时播放同一首歌曲。微差的时序，使柴可夫斯基和落在后面的柴可夫斯基，仿佛在同一喷头下，接连醒来。打开隐藏在吊顶里的灯带，上海像首永无法写出的诗，只在舌头的涡流里，被分辨。

2020. 11. 12

在乱石中

此次离乡，最后穿过的那座石头桥，名曰拱宸。而他抵达京城外，
远远看到的，却是一座塔。树生塔刹，高数米。夜泊近旁，橼悬风铎，
仿佛这空腔内，三界都重新焕生。但妻女皆依在舱内拭泪，水面浓黑，
被雪隔离的缝隙间，他拨开布帘。谁细数风几丝几缕，听星汉何月何年？

2020. 11. 11

宵来骑白马

杯中酒，意中人。可惜他们在一条长桌的首尾坐着，小瓷瓶里
的腊梅，应和着屋外凛冽的空气。附近的佛殿出檐舒广，巨梁上的
题记先墨书，再铁斧凿刻，露出深深的木华。他们绕开香火、佛音
走了好一阵。他返回苏州，一路都是湖光，明亮的事物互相打量。

2020. 11. 10

严子陵垂钓处

他顺江游，她沿岸跟随着走。有时候遇到假山，
有时候练剑的人们，明晃晃地，摆足了架势。他的手臂
抡起静静的水花，对面楼阁的倒影，便往下游流去。
她把毛巾递给他，他们拉着手，一步步上了牌坊下的阶梯。

2020. 11. 9

两次日落

去殡仪馆前，她找到当年留下的钥匙，打开了他家的门。
书桌上有条帆布袋，里面一个空酒瓶和两张电影票。倒下的相框
翻过来，只是一段爬满苔藓的粗壮树枝。外面雪下大了，楼下她的车
可能会越跑越慢。她想起他的父母，他们正哭着接住每双慰唁的手。

2020. 11. 8

本生注

雾中晨起，打车到院门外，不得入，绕至侧门，才远远地
看到了登塔的高梯。木塔内还罩护着一座石塔，太湖青白石
拼叠而上。那年，他母亲就从旋廊最高处跳了下来。她不仅漂亮，
还善女红。被重砸的塔体掉落了一截，上面刻萨埵太子饲虎图。

2020. 11. 7

浓烟，第六

她席地而坐，蹼从裙子里露出来。光流泻自各种房子，
这座桥依旧风平浪静。好几次她抬了抬手，身体里的机械关节
几乎要穿透她纤薄的皮肤。她把酒再次灌入嘴中，吻她之人
的气息，涌出来。夜鹭的长喙划过水面。船都是一个个盒子。

2020. 11. 7

大幻

醒来，发现我们落在一辆车的后座上。漫天灰雪，蓬乱，粗蛮，
完全遮掩了前路。刚想去确定开车的少女，究竟是谁，才发现她
早昏聩不明。恰此时，车已冲出路沿，往荒野、往河流，直到砰地
猛烈撞击。我从醒来中醒来，看了看你。你呼吸匀称，几乎不发声响。

2020. 11. 6

雄妙曲

诸位看官，在座的谁不是颖悟之人？那日市集，哪个屠户的
唇端，不是结着厚厚霜？那些公牛竟疯似的，撞开了围栏，缠绞着
各绣铺的绫罗绸缎，在遥不可望的盐碱地上，如晚霞般奔流而去。
你可曾想，那小娘子支起横笛，飞身粮栈檐顶，生生把火吹着了。

2020. 11. 3

万福集津

与僧俗饭毕，随众人将碗钵一一送入清洗间，再沿着院墙
转入小巷。前有石拱旱桥，桥面正中凹缺，似专供独轮小车所通。
过桥，立于填塞的市河之上，喇叭声在身后，催促不停。又返佛殿，
火光升腾于香烛之末，我们朝心中一念，一拜，再拜，时近中秋。

2020. 11. 1

山月咸

她半夜死去。其时，她的学生们正在去往闽东北调查古建的路上。

如果她再撑十二小时，那些年轻人都将来到一座大殿的前面，明廊深檐，石砌高台下，千年紫薇开着红花。历代布施者之名，被细细墨书在藻井后的木板上。泉水流过近旁廊桥，而在上海，人们用明黄色袋子把她装起来。

2020. 10. 31

吹面不寒

他开完枪，照例找到藏在草丛中的鞋。身后，老太太与她儿子的血，
汇集在门槛前的一个小土坑里。过年前，他把寡妇娶过了门。再开春，
靛山里炮声隆隆、枪声大作。他母亲颤巍巍地，求人挑一担粪箕去收尸。
漫野血肉模糊之躯，人们在暮色里翻动，寻找谁门齿处镶了颗发光的大金牙。

2020. 10. 30

裂舌

摩天轮往高处走。他开始吻她，牙齿咬住她唇上的一段小肉，
手自然有序地伸向裙底。我望向窗外，湖岸的树梢像一长串打结
的项链。某些关口处，游船正被释向湖心。合租已五年，我还记得
其实更早，在集体庆生宴上看到她。吹蜡烛的风，吹到了我脸上。

2020. 10. 29

波光粼粼处

他全家陆陆续续，都来上海定居，从台南的白河。
那里有大片莲田，他父母离婚后依旧住在一起，一起剥莲子。
他和弟弟工作渐稳定，便合并租房的钱，把家从市区搬到嘉定去。
母亲偶尔会买一些鲜莲蓬回来，种在瓶子里，高高地，过人头。

2020. 10. 27

泳

翻山越岭乃是鬼，腾云驾雾的才是仙，他边说着，
边把葫芦倒转了过来，我在里面着着实实摔了好几个跟头。
他又念道，你是何苦呢，来我这清凉峰寻。晨钟暮鼓，
光风霁月，想想这情字不过是白露一颗，结在这香炉腿上。

2020. 10. 26

八大

那天雪下得有点大，天地混沌一体，只有一些枯草稍稍
交代出它们的界限。我和母亲以及两个兄弟，翅膀沉沉的，
躲在雪窝里，完全飞不起来。一个小孩，背后藏着根竹竿
弓着身子向我们靠近。微风习习，拂过我额上的一丛灰羽。

2020. 10. 25

耳目八荒

那时母亲是隔壁班班主任，但在学校，我几乎不和她说话。
她喜欢戴粉色丝巾，好几次，远远地就看到她坐在湖边的亭子里。
我躲在灌木后面，往水面扔石子。上大学后我谈了男朋友，
我们在花鸟市场偶然认识，他买了一棵根部包满了泥土的山松。

2020. 10. 24

万籁无有

从洗手间回来，一个男人正追着她满大殿跑。他手中握着的香把
不断散开，火光上上下下地画着弧线。等他们被阻隔在突然出现的
一众游人面前，我看见他手，已全是热香灰烫出的水泡。外面
早下起了雨，檐下烧烛的妇人拜了拜天，然后往泥水里跪了下去。

2020. 10. 24

庐隐

岁月伤美人最深，而像她这等平凡人，大概只能像柿子，
十一月挂满树梢，从院前延到远处的山窝去。就着月光，她整理衣裳，
山风还算温煦，倒伏的玉米借着露珠的下坠，往上挺了挺，接着她就
听到前面的响动，成群野猪往渠里跳水，她背后的石头濡湿了一片。

2020. 10. 23

一身川

我独自去邻县打掉了孩子，回来继续上班、吃消炎药。有次逛到
清仓，他去试穿，隔着布帘，又向我要了更便宜的那几件。我坐在
店口发呆。对面楼里出来的男人把帽檐压低，走在他前面的女人扬着又宽
又高高上翘的黑眼线。等他们走远，我脱掉袜子，踩了踩落在地上的霓虹灯。

2020. 10. 22

两日晴，郁达夫

那时候他常把女朋友带回来。好几次，我在客厅，见到他赤裸着
出来找烟。后来他父母来过一次杭州，那个女孩便再没出现过。
我记得有次他喝得大醉，共同好友打电话要我去接他。他就倒在西湖边
的椅子上，一只鞋浮在水面上。莲蓬褪露黑衣，夜的秋意刚刚好。

2020. 10. 21

二三里

从他网络日志的废墟中，终于捞出小镇的名字，已是整整十五年后。
那是郊野的深秋，火锅店靠窗位置，还翻腾着柳叶桂的清香。楼上就是
酒店房间，他从北京带来的拉杆箱里，散出一两本小说。她默默地
躺着，他的目光居高临下，有个长长的镜头，横扫过浴缸里的塑料机关枪。

2020. 10. 19

煤镇

我和我姐从此生疏了很多年。直到我也结婚、生子，全家人回去乡下，
看见隆隆的鞭炮声从厚厚的尘灰中，往外涌。那年她产检留院，我大半夜
穿着拖鞋就冲出她家大门。躲进树林，追出的车灯像引出两条带刃口的水柱。
我翻到高速公路去，拦下卡车。我一直哭，一直紧紧捂住自己的嘴巴。

2020. 10. 9

南省

听说她把孩子生在了一座岛上。十年前，她离京去晋东南支教，
回来就取消了婚礼。男方的父母执意——上门收回请柬。后来她去了
三亚，那个山上养蜂的老师没有跟来，倒是有个帅气的女生，天天接送她。
有时她要在海巡船上待上半个月，海鸥尾随她们，像一把带肉爪的锁。

2020. 10. 7

浅净深芜

离校前最后一夜，我又去楼道抽烟。满地狼藉，只在哐里哐啷的
瓶瓶罐罐外，空出我的位置。他打开门，靠在我斜对面，又立起身，
破天荒说，借个火。他叼着烟凑过来。我看见烟头上的烟丝触碰、卷曲，
发出光。那个夜堆满了大家不要的东西，月亮在清晨如约从天空脱落。

2020. 10. 7

秋约翰

他们深夜打车回到中华门锦江之星。她看见头顶
的雨，被薄薄的浴室天窗弹开，而满眼霓虹借助水流
反复、反复渲染她。她犹豫片刻，回应了他的拥抱。
背湿漉漉的，雾气茫茫。雾轻易会拆除一座古时亭。

2020. 10. 4

豌豆生

不到十年，母亲便也老了

在父亲的坟头旁，我预留了一座小土堆。

转年清明，上面的青草，就连成了满满的一片

母亲停在雨中烧烛。雨水沿伞骨滑下，在火星里，重重地发出噼啪声。

2020. 4. 14

开禧

已买好机票，但母亲搬出外婆来阻拦。

外婆说，我老了，很多年轻人的事，却都还明白。登机时分，

她爬上越王楼，落日与明月，像一深一浅两只带火的脚印。他最后留下的话

是撒进江里，不过谁想要的话，就留一小瓶，里面混些泥土，可以养一枝细翠竹。

2020. 4. 12

燕子冲

那次返乡，她忽然摘下金手镯给他。她把九十大寿收到的
礼金分给孙辈，确实就在外地的他没有拿。他不收，说，要等您
一百岁。年末，他再匆匆赶回来，看见她已被封闭在棺木内。
又过一年，大寒，他想起了她。有些光，在雪中，不会冷却。

2020. 2. 2

菖蒲圩

祠堂里，只有你一个人在写春联。隔着山都能听到冻雨的声音。弯塌的竹尾，好像笋衣散开的马鬃。母亲小心地，挖出炭火中埋了一夜的红薯，焦酥的皮上，还闪着未燃尽的谷壳的微光。那时，雪如细沙，在天地的缝隙里撒个不停。等香椿冒出尖，等我们再大些，你是时候想想和我结婚的事情了。

2018. 1. 13

乌米饭

他们从未见过面。那年下了大雪，他决定和一大群人去大报恩寺跨年。

读秒的灯光闪得很快，时间似乎是随着叫喊，从人们身体里瞬间就跳脱出来。

然后，他慢慢走到秦淮河边去。对岸的树枝压在水面上，水波皱皱的。

夜出的翠鸟，像再一次击中护栏的碎石。他给他写信：南京很近，也很远。

2018. 1. 11

博尔赫斯

我进来了，门口这一桌。我这次坐在了你坐的位置上，
我看见自己坐过的地方，空空。那么多人

爱你。可能复杂的故事里，都没有特别好的人。
爱的外衣鲜艳如云，河面的木舟是一九九五年的火车。

2017. 12. 7

嘉年华

需要借一段波浪，
腾跃到小说扉页的括号里去。

只有少数人的人生，有两次，
一次在南京，一次在广州。

                      2016. 11. 14

文生修道院

大运河。大运河，如一条拉链，空落的观看者始终都在
景物的外面。运煤船已驶离桥洞，他们顺势走到了樟树林里的
旧修道院门口。维修工举起长长的刷子，墙上那些树的阴影，
一遍一遍被涂抹，又一遍一遍，像很快就能被解救出来。

2015. 11. 22

云丘

那次是近日暮，与友人，终于到达浩渺的太湖之滨。

寺里的僧人，打伞冲进大雪，递过来厚重的禅黄色带帽披风。

礼佛，再开院门行至堤岸。短时，有居士夫妇先后来告热茶、斋饭均已妥当。

他们十七岁的独子邻我而坐，明眸皓齿，头顶的戒疤传来艾绒的清香。

2015. 10. 2

上海司机

二十三岁结婚，孩子六岁。与父亲轮流开同一辆车。

忽然问是不是曾经载过我，半月左右，就在前面酒吧的门口。

他常守在衡山路，英语出奇好，因此有不少外国情人，都比他大十几岁。

她们打表让他送回家。他说，他引以为傲的器物像一九三七年新泽西上空爆炸的飞艇。

2015. 9. 10

江湾

一天无雨。差不多两小时地铁，到东北郊。

弯曲的河道里看半天白鹭起落，然后一起数了数咬浮萍的鱼群。

手机里的脸，都是天青色的，废弃的机场上空仍有很多带光的弧线。

回程，他途中下车，坐在站台的铁椅上，风吹起行道树不断向后翻卷。

2015. 7. 3

延误

醒来时，飞机已降落在梦的朽断处。全身酥麻，天气很冷。
西湖的波光中，被不断抛入面包屑与石子。玻璃门后发散而来
的光秃的太阳，对树冠的修饰，渐渐失去了控制。枯荷退还了
一些水面，他跳下去的时候，大概恰好能支起了所有风筝的阴影。

2015. 4. 11

仲良

他来送鱼。鱼隔着
塑料袋，在桌上甩动着红色的水珠。

他母亲刚去世。他砍下一些桂树枝，放进小推车。
蒸笼里的香味，借助微弱的光线，传过来。

2015. 4. 3

出差报告

缪小姐，我差点忘记你的美丽。

有时想起你，觉得我只是在你身上纪念另一个人。

但每次你光彩照人地踩在滑落的被子上，漫不经心地擦起湿漉漉的脚，

我想，也许再多一分钟，我们就可能以崭新的姿态，去想想未来。

2014.1.3

四季

那是他们唯一一次共同旅行。看看海，若无其事地看看山，
在破落的小影院重复看同一部电影，然后就要飞回各自的城市。
登机前，他说拥抱一下吧，意外地，另一张脸很快紧紧地贴了过来。
他们再没有见面，有种欢喜安静又被禁止。他相信烟台再无爱情。

2014. 2. 4

隆兴寺

殿前，烟雾如絮。每根槐枝都想伸到
另一根之外去。所有人，像衰败的小丘壑，看着松鼠的
爪印，浅浅地，缠绕自己的脖颈。回程路上，并行汽车里的人
忽然隔着车窗给你拍照。你内心一颤，一身尘灰在火光里抖落了下来。

2014. 1. 20

海边温泉酒店

他喝了不少白酒。"希望不会死在那里。"
他们都那么骄傲，爱情中谦卑的人大概都不会有好下场。
但他就这样爱上了他。那种愿意一败涂地的感觉，有点像他在热水里
摸到的那把温润、细腻，甚至还可能挣扎着晃动着尾鳍的鹅卵石。

2013. 12. 31

小栋

断了联系半年，他依旧第一个打电话来祝我生日快乐。
毕业后他留在了旧金山，听得见汽车在阳光下遥远的雪面上打滑的声音。

我母亲调低电视音量，放下怀中的抱枕，警惕地往我这边望。
那时我和他正捡起诸多往事中的一件，我说：记得你是绝不回头的白羊座。

2013. 12. 19

末日

身后的镜，映出他光裸、阴冷的后背。
他看不到另一张深深地埋进了他颈脖之中的脸。
他几乎每周都会去一次郊外的寺庙，湖里的
天鹅，瘦瘦的，在水草丛中，起伏不定。

2013.9.20

大悦城

他睡着了。手臂上的绿麒麟，还露在外面。

那算很老气的文身了。这十年中，他做过运动员、厨师、花匠，

甚至艺人造型。他觉得自己丰富又善于遗忘。他从台北专程来会的人

正在厨房里刷碗。餐桌铺开清丽的浅黄，轻柔的水声缓缓抬高着枝形的吊灯。

2013. 9. 6

八百天

洗衣机里漂着几颗石榴。我什么都记得。

那天天气很好，厨房在阳光中显得陈旧，又有些多情。

你慵懒地倚在窗口，视线差不多随花园的喷泉升到屋顶，又迅速

地落下去。然后你说：其实，我们往往未经考虑，便下了不少正确的决定。

2013. 8. 26

森罗万象

他就坐在露天泳池的边上。加进水中的人群，
不断松动着远处的波浪。他静无一言，脚又狭又深。
风慢慢往他身上涂满黑色的焦油，他背上那枚
龙形文身像一个蝉蜕，在树干上留下半透明的空壳。

2013. 8. 21

陌生人

几乎隔一天，他就要乘半小时地铁去城的另一边。
他慢慢地接近那爿"全家"便利店。他喜欢那种裹着
彩纸的棒棒糖搅在酸奶里所发出的压抑的嘶叫，他更
喜欢付钱时，往收银机那边，将自己欢乱地递过去。

2013. 8. 18

七夕

洗完澡，裹着浴巾出来，她已经走了。
门虚掩着。幸好手机、钱包还在。
他在惨白的床单上，再也睡不着，下面似乎
垫满了碎石，鸟的唾液弄湿了所有树枝。

2013. 8. 13

寂静

他故意坐在游泳馆的外面抽烟。
吹落的晚樱挤在墙角，他将烟头往前递了递，
隔空想去点燃它们。玻璃幕墙映照出不断左右交替的手臂，
远远地，它裂开的波浪里，探出一只麋鹿，专注又警惕。

2013.4.24

孙悟空夫人

她至今仍习惯居无定所，从一条街辗转到另一条街，
豆花固然好吃，味蕾上大闹天宫，还可以生出蟠桃、人参果

她好不矜持地笑，花果山的岁月令她从容而自在，
但路口的喇叭一响，她就变个戏法推车钻进了旁边小巷深处

2011. 9. 25

第二辑　故事集

自渡故事集

月厚街

欢送宴结束，又被拉进歌舞厅。厕所吐完，再回到包房，
刚站成一排的高跟鞋，已散开在沙发里。灯光闪烁，主管把
仍立于门边的那个推到我面前。她施粉很厚，假睫毛有些错位。
后来我从昏睡中醒来，发现她枕着我胳膊，一直唱蔡琴、邓丽君。

2020. 11. 30

明天

那次熬了一夜，直起身，窗外已曙光微现。早茶外卖送到，
发现少了可乐。追到电梯口，看到他气喘吁吁，不断按下行键。
于是退回来，走到阳台抽烟。冬至刚过，太阳的肉团跳动得很慢。
对面便利店忽闪出刚才的黄色身影，快跑着，再度朝我这栋楼过来。

2020. 12. 1

今世今生

父亲在矿上出事，她去把母亲腿上的铁链解开。像拼尽全力
的警哨，母亲往黑漆漆的玉米地里，冲了进去。事实上从没有人
管过她。奶奶舀好一瓢猪食，颤巍巍地倒进鸭棚里。她领好
三万多赔偿金，坐在男友摩托车后座上，山风收拢了她的长发。

2020. 11. 30

木纹

大年三十那天，在执法队的车上，远远地看到她推着三轮
叫卖着春联。雪很大，人极少。疫情取消了集市，庙会的红灯笼
自顾自地挂着。她移开遮挡货物的雨伞，下面现出一个戴老虎帽的
婴儿。同事开门要追上去，被拦住，他取出一只口罩，要他送去。

2020. 12. 1

云

从厂区出来，他没有再打卡。他想了想，把卡塞进了衣兜里。
那天郑州很热，放口杯和毛巾的袋子被扔在树荫下，他掏出笔
在卡片边角处写了首短诗。换班的人黑压压的，其中某个会代替
他揿动开关，激光吱的一声，有时像往泥土里狠狠挥了一锄头。

2020. 12. 1

夜长昼苍苍

讲着讲着，她就在讲台上哭了起来。所有人，都陪她流泪。
她被拐走的儿子，那时差不多也要长成我们这般大了。后来
丈夫偷偷与别的女人生了孩子。她卖掉房子，骑车准备从熟悉的
广场桥下出发。一双脏兮兮的手抱住她的裤脚，空气有些抖动。

2020. 11. 30

慢歌

他们在小货摊前，来来回回了好几趟。孩子穿着过厚的毛衣，
而他西服袖口的纽扣，脱出了线头。裤子开价不贵，老板瞥见了
孩子手腕上的住院二维码，把价格降到了最低。小女孩欢快地
吹着发广告者赠送的小喇叭，眼睛斜斜地，望着满天、满天的霞光。

2020. 12. 1

河滩

那段换乘通道很长，他们像枯枝败叶，在人流里，久久回旋。
头趴在胳膊上，他的拐杖摇摇晃晃地撑起身体。而老太太看似在
寻一个可坐下来的地方。他们衣着素净。不断有人问是否需要帮助，
她谦和而干脆。好一会，她就从后面搂住他，紧紧靠在白铁皮墙上。

2020. 12. 1

外婆

瘫痪后，四个儿子，将她抬进一座塌了一半的房子。他们数着
日子，轮流送饭。临近春节，村口广播响起了拜年歌，她的
所有衣物和睡过的床，都被点了一把火。她光零零地，躺在临时
搭起的塑料棚里，教友为她临终祷告，她握紧了身下的一把稻草。

2020. 11. 30

日光低垂

父亲火化后，钢板被捡了出来。骨灰装在一个小小的
盒子里，放进棺木正中，四周填满衣物和石灰。纸鹤颠簸着，
引领送葬的人群，踏开挂满露水的茅草丛。墓圹里一夜就落满了
蟾蜍，它们在炸裂的鞭炮中，往陡峭的坑壁，攀爬，又掉落。

2020. 11. 30

南溪故事集

献给郴县南溪乡

周亮明

他睡在与家一溪相隔的鸭棚。那天下午山上已结冰，年迈的他脚下一滑，
栽进了高坡下的稻田。月亮升起来，但他无法发声，只能尽量将身体
往烂泥里伸。隔日早上他才被发现。再过半月，喝了一大口药酒，他在床上
坐了起来。对着一堆痴呆儿女，他说：终于，我们都可以活得再长一些。

2020. 2. 14

黄冬梅

正在河边打拐枣，拖拉机里的人扯开了声音喊她的名字。还没有进村，
塑料厂棚已搭了起来，她哥哥捆着解放鞋的一双脚，露在一大丛稻草外面。
煤矿里横死之人，灵魂在香烛中，就此止步。她母亲垂头靠坐在门槛上，
番鸭们不断从她身边挤出来，俯冲，稳稳降落二十几米开外的田埂上。

2020. 2. 14

李启凤

她嫁过来，兄弟们挑着稻谷、棉被、套花，拎着火箱，吹吹打打，
往更高的山里走。丈夫后来成了乡村医生，而她终于将儿女拉扯上大学。
那晚，听见前面的石拱桥已被冲垮，人们都失色地往高坡上爬。她抱紧
昏聩难行的老母亲。她们的身影，像一片灰白的大叶子，在洪水中一晃。

2020. 2. 14

082

余学兵

那几年小水电站越来越多，河一下就干了。他坐在一面大石头上，
拿出小青蛙，准备去钓大青蛙。他母亲刚从广东打工回来，他从包里
翻出了想要的文具盒，也翻出了摩丝和口红。父母在厅屋里大打出手。
他推开后门，看了看养在阴沟里的小乌龟，然后在烈日里狠狠伸了个懒腰。

2020. 2. 14

王瓜子

铁镰烧得通红，他小心翼翼地挥动着小锤。淬火很好听，像一口就干掉
整瓶白酒。一个儿子在一边默默地打下手。另一个大专毕业后，成了
中学美术教师，在城里买了房子，结婚，离婚，酒精中毒，而最终不治。
现在病床上，他挣扎着拔下氧气管，屏住呼吸。他的脸像风箱抽动中的炉膛。

2020. 2. 14

范余中

天蒙蒙亮，人们就来抢摘木芙蓉，去汆瘦肉。疯女人出现，乡政府大院
瞬间逃空了。此时距她嫁人已过去三年。听说，丈夫不堪无休的撕咬打斗，
喝了农药，她只得带着女儿回到了娘家。我母亲搬来凳子，透过门上方的
风窗，看见她采一朵花插在发上，另采一朵，反头，去逗背上笑盈盈的孩子。

2020. 2. 15

何宇娟

在圩场，暴雨让菜摊让出了宽敞的路面。远远地，他看到她慌张地将大把
红菜薹顶在头上。十年前，学生们去她宿舍交作业。她穿一件雪白的衬衣，
拿着扫把，正在屋内翻来翻去。隔壁男老师过来将人都赶了出去，唇上的
小胡子乌泱泱的。而他瞥见蛇就缠绕在窗帘钢圈上，信子像两条交叉的电流。

2020. 2. 15

李扩海

听母亲说，他二哥来我们小区看过一段车库大门，他大哥在十几岁得了
白内障后死于醉酒，就在石面坦大坝上。而他是近亲结婚的父母的最后一个
孩子。他常斜挎军绿色帆布包，找我一起上学。他习惯握着圆珠笔芯写字，
歪斜得像脱手的雪糕。后来他娶妻，没有孩子，年纪轻轻，在睡梦中死去。

2020. 2. 16

黄泽宇

风随着竹梢，荡来荡去。但路边放哨的男孩，不时紧张地低问好了吗。
春笋在他刀下，被棵棵砍破，哐一声，水淌了出来。他用脚踹一下，笋头
从坡上栽了下去。之后，它们会被长长的竹竿两边串起来，大摇大摆地扛着，
出现在大街上。剥净毛壳，切丝煮盐菜，他不忘再撒上一些干椒和四季葱。

2020. 2. 16

末路故事集

金兰苑

他到酒店，才告诉他来了上海。他追问他住在哪里，以及
将至的中秋如何安排。他半天没有回复，末了，只要他走到窗台边去。
秋风已微凉，近处河湖里的蟹，大概都正向头顶的月亮，扬起绒螯。
他登上楼顶，掏出烟，往黑黑的手机镜头里，去点那座最高、最远的大厦。

2019. 9. 9

万航渡

加班回家，他在他家附近提前下车，问他要不要去宵夜或喝一杯。
他一层层数上去，十三楼灯亮着。他走到拐角便利店，准备买口香糖。
透过玻璃，发现他正在结账，而一个女生从货架后奔出来，围住了他的腰。
逆向的人流耗损了他的速度，横过的苏州河，余下些无法混合的黑白。

2019. 9. 29

梅家坞

直到下午才醒来，他们又莫名其妙地，往对方身上，甩了几件东西。
接着她用力狠狠捶打他的时候，猛地被推倒在了地上。他限制她的方向、弧度、
温度、湿度，以及牙齿的咬合。外面雨时骤时歇。晚上她一声不吭地搞起了
大扫除。十几斤的垃圾袋像乌篷船，带着一股热气，浮在垃圾桶的上方。

2019. 10. 15

木星地

他喜欢的人不是我。陆陆续续，他增加自己的故事，短暂的，公开的，
或都晦暗不明。有次他要我去他家陪他，我穿了最喜欢的碎花鱼尾短裙。
他坐在马桶上，开变声器，与别人说着话。我灌了自己五瓶酒。凌晨三点，
他喜欢的人来了。他就躺在中间，月光将我们切分成并不均匀的两份。

2019. 12. 15

石头城

那时候我们每个月都要在两地铁路沿线见面，周末，住相对好的酒店，
用泪水，往对方的背上胡乱写一些句子。他还在念大学，喜欢笑。一年后，
他考了别省的公务员，准备结婚，而我也适时被外派。过了好久，发烧
赶早班飞机，中途醒来，看见他穿着蜘蛛侠的衣服，附在机翼上敲我的窗。

2019. 12. 20

白沙洲

从阿姆斯特丹回来，是一个盛夏。他在上海住了一段时间，谈了一场
恋爱，再回了衡阳。这四年，母亲改嫁并生了新的孩子。他在家附近那家
熟悉的酒店住了一周。返回的时候，继父的儿子开车，将他送到启用不久的
机场。他觉得每架飞机的腾空，都像鸭子在水下，多抖动了一下它的蹼。

2020. 1. 3

观澜古墟

它就是空的。他灌了自己一杯，然后走到他面前，指了指室外长桌，
问要不要三人一起喝。他不说话，跟了出来。那年香港很乱，他第二天就
回到了深圳。路边的服装店里立着不少塑料人模特，共享单车的踏板像
连着无数喷泉。房屋越来越高，滚烫的嘴角停下，释出一股细烟。

2020. 1. 9

易俗社

失恋后，在论坛上遇到的人在西安。她说动表哥，坐硬座、分吃盒饭，
要从东海之滨，去看兵马俑。他请假一周，把去过好几次的地方再用手电筒
一一照亮。黑暗中，合租的女孩把表哥骗出去，他们终于紧抱在了一起。
那是〇三年，绿萝垂靠在沙发上，枣木梆子内膛光洁，行得不紧不慢。

2020. 1. 9

一家春

下雪天进颐和园的人不多。冻结的桥亭，像铜镇纸，压住湖面一角。
他已经六十，有两个孙子。他想了想，早上还去集市买过蔬菜，抱回来了
一缸金鱼。现在，风把岸边的芦苇，冲成了一片平地。出门之前，他换上了
干净的绒帽。天色渐暗，树灯将勾勒长堤，一夜严寒后大概出现的是雾凇。

2020. 1. 9

莲塘厝

丈夫早逝，曾祖母被诬偷一只鹅，而在宗祠里悬梁。八岁的祖父带弟弟
流落于此，过了好几年，才想起家里这份手艺。靠它，他养活了一大家子人。
他嘱咐我要选用新米，就着老石臼，打透、打细。他从虎口中挤出，右手摘下，
然后搓成一个小圆团，在香酥爽脆的芝麻堆里滚了滚，进屋喂给卧床的妻子。

2020. 1. 10

云雀故事集

闻闻餐厅

他远远见他进来，紧挨着那个人坐下。崭新的立领毛衣，一笑便像
绿萼之上，大朵罂粟，循声鼓胀开来。听说，后来故事的顺序是：
他随他回家，又乘兴凌晨奔去了万体馆的酒吧。再后来，他手持热锅都用
厚厚的布。食物在眼前的汤淖中欢腾，最终清晰地，铺开在碗碟中。

2019. 6. 28

沼泽

从圣彼得堡，他寄来明信片。字小小的，放在阳光下看，觉得
有种浑然不觉的歪斜。车道两旁的麦茬，被点起了野火，黑色的路面
像打开一缝天光。他写道：我在梦里见过你，你像《沙丘之子》的裘德·洛。
詹姆斯·麦卡沃伊生于一九七九年，你生于一九八〇年。其实，你遇到了暴雨。

2019.6.28

王邵剑

他平静地安排一切。父母姐弟，都唤至病床前，录下视频遗嘱。
七年前，他就把他带回了南通老家。踩在田埂上，青草的弹力拱动着
满天星斗忽略的色块。他们的公司竟越做越大。深夜回到家，他撕开法院的
开庭传票。看着那些名字，再望望相框里他的侧脸，他感觉舌尖尽是海水。

2019.6.28

木乡

他将瓠瓜和虾皮煎炒后，煮汤。采摘小区里在枝头干结的枇杷，
加冰糖、百合，置木塞热水壶中盖闷。又下到雨后的河浜，寻最清透的芦根，
切碎，添些竹茹，洗粳米熬粥。黄昏的天空像帽子，橘红色边沿盖住相同的
事物。为自己，他反复将他的微信签名读出声：可否，正式地，听我的呼吸？

2019. 6. 30

吹云

在一起的两年里，他随她去过两次湖南。她家在长沙，母亲再嫁岳阳。
橘子洲头的湘江很清，洞庭湖边的镇江塔，基座早已没于水下。
她把孩子生了下来。有一年，在崂山，逼仄的木屋楼道里，看人晒茶。
叶茎均匀铺开，孩子就在上面爬。阳光透过围栏，附着在他不断前伸的手上。

2019. 7. 3

莲镇

桥底下并没有月亮。浓雾中，鱼的跳跃，像罩住了另一种动物
钟形的身体。他昨晚剔了一条绿斑，而刚才只就着油条，喝了半杯豆浆。
河水有些冷，他试了试，仍想游到对岸去。山上应该起了霜冻，陷入泥路
的车辙，像被车灯照亮的枯枝。他中途停下，又背了一遍她的电话号码。

2019. 7. 7

双川

他从深圳飞回杭州。他们的往事已是多年前的中学时代了。他忽然
将他顶到寝室的衣柜上。他清晰记得，他的胡茬，像混合在细雨中的银针。
此刻，湖上的人们，正在荷区更换套桩，重筑围坝。他穿过参加婚宴的人群，
向他走过去。他抖动了一下羽绒服上的鞭炮屑，轻轻地握了握新娘的手。

2019. 7. 9

庆邑

骑行至仙居，天气开始阴沉。远远地，枝干飞出崖壁的树木像自我
搭建中的铁桥。这里离台州府城已不远。那年他们入千佛塔，持香绕塔，
足有九十九周。她还把绣球花带回酒店，插进梅瓶，瓶中水反照出几把木椅、
颠倒的画框，她的身体，就横在一把白瓷壶的边缘，窄窄的，疏疏的。

2019.7.9

平旺村

再回故乡，她的坟丘已被移除。他走到另一年轻早逝的陌生人的墓地，
在黑碑上分辨她金色的名字。山梁上就可看到她家长长的石头院，父亲
拿了八万，就与四个叔父一样，搬去了城区边上。他半夜翻进龙王庙，
从古井里汲水，装进塑料瓶中，准备第二天浇到她坟头那丛崭新的须芒草上。

2019.7.9

上海故事集

文化花园

土耳其的落日大概不是这样。他晃荡着，躺在扶手松动的担架车上，
看见所有事物，都溶解成乳白色发酸的一轮。爱他的人，尚在四川时就决定
要来上海工作。慢慢地，等他念完高中，离开伊斯坦布尔，见面，租房，念大学，
见寡居的母亲，买菜做饭。但他从未想，像他般守旧之人往往才看得到时间如梭、万物如新。

2016. 10. 15

双子楼

见过他，不等于你记得他。听讲座的人，像过火后的灌木，烧焦的叶片垂在
课桌的边沿。他挤了进来。很高，他很方便就越过身旁漂亮女孩的头，去揿空调
的开关。冷空气从四壁缓缓滑下来。他的黑衬衣紧贴白色T恤。偶尔笑，拍照。
红色外壳手机像条锦鲤，翻腾着油滑的鳞片：她觉得自己是带着伤，颠簸在开水壶里。

2016. 10. 18

善哉生

做爱是多么简单的事。细细密密聊了一周，但他总把见面设置在某个看起来
不大可能的点。终于，远远地他看见了那张还在出租车上，被反光镜打磨的侧脸，
雨外的天色，瞬间往胸腔里增加了不少鼓点。其实关做爱什么事？你仍无法理解，
我可以和任何人做，但喜欢他，就想把最真的自己展现给他。你可以吗？

2016. 11. 7

铁村

深夜，她忽然回来，打开门就冲向衣柜，往背包里猛塞各种衣物。
他惊醒，赤脚下床，问怎么了。她扑进他怀里，捉住他的手说，你摸摸我
心脏这里，跳得好快啊。抬起的手还悬在身侧，他就已感到一记耳光正遣散头脑里
所有的神明。每个人都是远郊，来去都不那么容易，也不容易留下永恒的印记。

2017. 9. 19

斜塘

他写剧本，轻轨要经过大桥，她的指甲反复抠动水泥柱上凸出的一颗沙砾。
正午的天色，被车流震动不息。她贴紧在电梯的镜子上，任他随意删除她身上
的横线。他听见落日像栗子，撑开了带刺的外壳，油亮的光泽被夜鹭的头颅轻轻
甩动。身体里的风，像是在车厢开启、冷气移出去的时候，随意碰响了一个人。

2017. 10. 23

沿海高速

每周末他都从盐城来。前面的绿砂岩条块，叠砌在广场，像发动机熄火的
波浪。上音的辅导班从早到晚，树的枝丫也在打滑的光线中逐一减少。秋天啊
加速涣散，他也越来越觉得自己不再与任何人相关。火柴划开，味道清冽。
脱下内裤，毛发像盔甲上垂下的红缨。好的坏的，都不足以让火，看起来像一颗芽。

2017. 10. 29

复兴岛

儿子大学毕业，他们才离婚。他挑选了几件过冬的衣物，轻轻锁上门。
他感觉到风很暗，跨过铁桥的时候，远处巨轮隐隐的轮廓，压着海浪推向
堤岸。两个月后，儿子决定去日本继续读书。他帮着他跑签证，把父亲留下的
旧宅卖掉，顺便回来住了几天。就在这样等消息的空当，春天缓缓地来了。

2017. 11. 21

十六铺

那时候父亲还没有去世，但他知道，他已永再无可能重返上海了。
陪外地的朋友一家去外滩，他望着那些甚少到访的海鸥出神。它们展开长长
的翅膀，闪烁不定地掠过水面。他瞬间就捕捉到了它们黄色的喙，弯弯的，
与天空轻轻地刮擦：淡青色的背景下，现出无数逶迤、荒芜的长句。

2017. 11. 24

彩虹湾

她就住附近。她似乎很想得到我的信任，以便长期来做保洁。她说，三年多，
我每天都要去一个九十几岁的老太太家，做饭，打扫。老头死了，孩子们
都不管她。每月上万块的退休金，都是我去银行帮她领。可她现在摔断了腿，
不得不去养老院了。她说着，滚出几滴热泪。她用手里的抹布擦了擦。

2017. 11. 25

放生桥

终于晴暖，他们一起去看朋友的新居。那是临河的别墅，有私属小花园，
阳光房里种满海芋，楼梯的拐角处都挂着油画。朋友不到周岁的混血儿子
早早便懂得要在佛像前，双手合十。朋友的父母买菜回来，他发现他们竟也
花白而干枯。糖浸核桃好吃，香菇包里不知还有什么茸，细细地剁在了一起。

2017. 11. 28

南岭故事集

侍郎坦

船离开主航道。两岸现出峭壁，浓重的雾气不断压在
逐渐黯淡下来的光线上。他脱下帽子，扔在锈迹斑斑的船头。
水边都是新竹，悠长的绿影，仿佛很快就能斜荡到对岸去。
他捧着骨灰盒，无心于前方的摩崖石刻，也不想在水中停下来。

2016. 9. 2

中山院

手机的照片里，他看见自己确实赤裸上身，倚在门口。
防盗门连着漆绿的木门，福字倒贴，黑伞钩挂，远处电风扇狂乱的
扇叶让他回复晕眩。但他完全想不起是在葬礼上遇到她。他被堵在电梯，
肩上深深的五处牙印，在被拉下领口时，才第一次感到钻心的痛。

2016. 9. 2

炸药工厂

最后他还是没有毕业。在外滚打了两年，回到家乡。
他再没和她联系过，更换一切，彻底消失。一年后他才重新出去工作，
平平淡淡到现在。那晚和同事打完球赛在路边吃夜宵，忽然接到她的
信息。他愣愣地站起来。头顶烟囱里滚出来的烟，带着一点又脏又旧的黄。

2016. 9. 2

涌泉门

那年冰灾封城，停水停电半月，他在乡下却过得自在。
他和朋友从山上抬回饿得奄奄一息的野猪，割成多份，先请祖先享用，
再翻山越岭，送往城里。行道树都从中折断，人们在路边烧起火堆取暖。
走过她家楼下，他停下来看了看。窗台上的腊梅，刚吐出一个个芽苞。

2016. 9. 3

乌石矶

毛豆搓洗干净，剪去两角，想起没有准备姜丝。
在厨房，远远地就能看到中学操场。她下楼时，故意放慢了脚步。
至少在形式上，它还是椭圆的。在适当的时刻，它长满杂草，也像
一面镜子。她记得，多年前昏暗的灯光在任何人身上，都有些崎岖不平。

2016. 9. 3

阳山关

那次祖母病重，我千里迢迢赶回去。她被扶起靠在床头，青衣红裤，
白发一丝不苟。但手是软绵绵的，留下不少针孔。她偷偷嘱咐我千万要去
找巫师帮她喊魂。当晚寒冷异常，我在瑶人的寨子里，看见繁星满天，
火把上的火星随着山巅的风，滚落到峡谷里，似乎很快就要到我祖母的面前。

2016. 9. 3

正一街

绕着公园里不大的湖走了一夜，临别，她约他六点再一起去吃米饺。
那家老字号就在海棠井边上，清晨火辣的太阳，散成井沿下的粼粼波光。
她几乎不吃，数着汤里的葱花，把鼓出来的肉馅往回填。店里满是早起的老人，
稠密，化开得很慢。嘈杂声里，听到她说：我怕再也遇不到对我这么好的人。

2016. 9. 4

手工联社

门外竟是十几年未见的她。她说终于打听到地址，顺便来看看。
母亲不在，请她进屋，不肯，只是反复探头往里面看。她说弄得那么漂亮，
不要弄脏了。几天后在新闻里，我再次看到那双在大理石门槛上磨蹭的布鞋。
洪水已冲过了堤坝，她忽然停住，说要返回家里取一下晚饭要用的高压锅。

2016. 9. 4

湘粤古道

八岁那年清明，父亲独自回老家扫墓，他扒住车门，大哭不止。
抬着祭奠的人群在山中蜿蜒而行，鞭炮在映山红的花团里炸裂。坟头
都堆起草皮，插上挂着纸钱的竹枝。他想起失明的五爹爹还会摸索着去
给早夭的儿女扫墓。竹笋破土而出，山雨有时候一下就是一个下午。

2016. 9. 4

骆氏宗祠

他母亲早年是湘昆艺人，练得辛苦，生他的前几天还在吊嗓子。
但他未见过父亲。有一出戏说是阎婆惜死后，她的鬼魂不忘旧情，
便到张三郎家里，将他捉进阴间，以求团圆。那天他母亲忽然纵身跳下
戏台，人们才知她肚子里有了他。彼时武生正空翻，锣声清脆、鼓声咚咚。

2016. 9. 5

江东故事集

危青

到达泰山顶，平原上的物事都被自身的重力所压缩。
他提出就在庙里过一夜。雾气慢慢涌进租来的棉大衣的领口，
露珠顺着他的鼻梁，滑入另一丛呼吸里。磕长头的老人刚点燃烛火，
天街上的小雨，再过三四个小时才会汇集到一大把松针的末端。

2016. 1. 5

一物之介

飞到重庆，明说休假，实际上终究已悄无声息地投入了
感情。人民大礼堂前的广场，被地砖分隔成无数的小方格，
他选了一块站定。晨跑的人们，连成灰蒙蒙的一片，但偶尔
也被阳光冲出一个小缺口。他在灼热的浪里，后退了好几步。

2016. 1. 17

木梗

他搭公交到郊区工厂，再转乡村巴士，到自己的出生地去。
树与山丘，交错或同时，拥堵在发黄的玻璃窗之外。而他怀抱的
滑板，即将推动着小镇新辟的主路，往旧河道那边偏移。更多散坐的
人们，像一块块洼地，翻出新鲜的泥土，又在他身后快速地陷落下去。

2016. 2. 20

荒烟副本

磁浮开得很慢，大部分时间，它像往泥塘中放生的孔雀，桀骜
又颓唐。他戴好耳机，所有树木尾端都喷出火焰，溪水弹簧般抖动。
那些告别的人们，就着简单的道具，专注演戏。他也只是刚卸好妆，
浴巾还扔在房间地上。他离开时，电视里的人正举起树枝，向他开枪。

2016. 4. 5

青年旅舍

返回杭州，他拉开背包，发现那条缀着小猴子的金手链
竟混在钥匙与硬币中间。高铁上，他曾几次离开座位去发微信，
或不时想象稻田里所有冒雨插秧的人，都在被车厢的外壳，逐一擦除。
到站，她醒了，毫无来由地说：东西其实不是别人送的，自己喜欢就买了。

2016. 4. 18

春垂

天色未暗。远远地，青海湖像一片将要被风翻转的桃叶。
他掀动打火机的声音，起初听得很清，但很快就需要在不断变小、
混合于草丛中的事物中，去紧张地分辨它。第二天才知道他已经
结婚。她看见他骑在马背，被人牵着，冲上岸的水藻如一层厚厚的窗帘。

2016. 5. 8

纯音合奏

那时我和前任刚分手，不缺人追求，而你仅把我当作玩具。
但我也是个油滑的人，深深感受到自己对待别人的态度被拿来
对待自己。那天晚上，在楼顶，你说喜欢我。我的玩具
背对着我，穿上衬衣。脚下烟灰一小堆，像松垮的诗里落下宝石。

2016. 5. 10

沿江日夜

对方是一个警察。她迅速学车、买车，每周都要从泸州开车两小时
到重庆去。他们总约在那家宾馆。有一次，她怔怔地看见他与另几个人
拷着一群男女出来，旋转门像片叶子转个不停。其中一个女人到了
街对面，竟还回头咧嘴冲她笑：她的裙子远远地，摆动得极其柔和。

2016. 5. 22

盐水青梅

他们还是见面，一起回到月前刚离开的故乡小城。一路她都牵住
他的手。江面散开的鸭子，光亮、蓬松，接连从矮木桥上翻滚下来。
稻穗对立，又彼此涌动。隔着玻璃，车里的人急迫不停地拍打方向盘。
被他父母卖掉的小楼，阳台长满杂草，边沿的青苔像涂抹未匀的口红。

2016. 6. 9

嘉禾屿

大提琴一直放在床的内侧。海岸线，在阴冷的光照下，
被潮水一遍遍，抬高。他母亲的葬礼还没有结束，被损坏的篱笆上
还缠着新鲜的铁棘。他们都知道再不会有结果。她趴在他身上，拿出
相机。麻雀向着街尾卷积，日落如同慢慢移动一脸盆猩红色的丝袜。

2016. 6. 27

太原故事集

崇善寺

她想见见他真人，第二天就飞到北京去。

像只是从郊区赶来，她若无其事地看着芦苇推拱起天际线的边沿，

而身上的雪，恰好不经意地修改了刺槐枯枝的曲线。她不喜欢

被一个人拨动心跳的感觉。"我不喜欢我喜欢你。"

2015. 12. 14

多福寺

午夜航班取消，他觉得生命多了一天。
人们很快离开登机口，回家或挤到机场安排好的快捷酒店去。
他坐着，想起白天在山中，僧人用火钳夹起蜡烛去点油灯，
还有结冰的路面上，车打滑后，轻轻抹去了竹节一般粗壮的花纹。

2015. 12. 15

文瀛公园

妻子跟别人跑了三年后，送回来一个孩子，
不久就病死。而那孩子越长越像他自己。跳广场舞的大妈们
在寒风中，甩动着秧歌扇子。孩子脱掉手套，抓起一把雪，
雪很快在手心融化，从滑梯溜下来的人感觉自己身后湿漉漉的。

2015. 12. 15

大悲胜境

走出大殿，干枯的算命人只是微微抬了抬手。
不记得哪本小说里，出现过他那被泥浆滚过一遭的棉帽。
他身后两尊巨大的铁狮子，也紧紧陷在莲花座上。对面民居
忽然拉开窗帘。每天都临近末日，都要浇灭很多绽放开来的烛火。

2015. 12. 17

万物均衡

再进文庙，已是十三年后。人们意外地挖出了泮池，
又新修了急耸的拱桥。站在锯齿形桥面上，他再次看见了
大成殿前，底部雪迹未消的铁缸。记得那天，雾的灰度也刚刚好，
腊梅的香味补充了故事的情节。他们紧贴屋檐，像浑浊红墙上的大块凸起。

2015. 12. 20

清真古寺

微醺着，走出鸿宾楼。辅路上出现了那辆
手推灵车。看不见的死者，被装在覆盖着黑锦缎的
铁盒子里，丁零哐啷地，挤在迎面而来的吃头脑的车流里。
紧走的行人在雾中变松，都注视着，小心翼翼地帮他寻找缺口。

2015. 12. 22

古寨村

奔丧途中，母亲不断哭泣着打电话问他已经到了哪里。
他呆呆地望向铁轨一侧，决定下车换飞机。地级市的小机场，
很破，机票很贵。停机坪开始飘起小雨。他挑起飞机餐里
的面条，想起松木刨到末端不断卷曲的木屑，眼泪很快落下来。

2015. 12. 23

许西街

那姑娘在他毕业的时候，真从楼上跳了下去。
同居四年，堕胎五次，她在窗台上细心养的铜钱草分给过
我们很多人。曾经惜别的位置上，我试着将远景拍下来，
湖面上炫耀技巧的滑冰者，也将要开始一次前空翻。

2015. 12. 24

二龙山

汾河上筑起坝，出现鸟岛，其实是不到十年的事情。
往上游走，在窦大夫祠附近，河道极窄，夹岸都是悬崖。
他们结婚前，几乎爬到了对面的山顶。现在，他们唯一的孩子全家
已移居国外。冬日夕光在水面回旋，他们盯住同一株瓦松。

2015. 12. 24

公路电影院

你肯定没想过我会去演戏，我也本以为自己会当一辈子
舞蹈老师。那天他已经醉了，我故意抱怨他只请我吃三块钱一道过油肉的
地下室餐厅。他又一口干掉了半瓶酒，扬言要放弃美术，考研去北影学导演。
同学把不省人事的他抬回宿舍的时候，楼层边角的月亮比今夜稍美。

2015. 12. 24

渤海故事集

离魂异客

那年他七岁，父亲倒在家里，他拿起电话，并不惊慌。

画家母亲后来改嫁一位退役将军，而他依旧选择通过自残逃避兵役。

他从韩国大田来。他在出租车上突然吻我，又淡然地像石头从石头上蒸发。

终于要告别中国，在机场的酒店里，他决定再体会一次陌生人的快乐。

2015. 11. 26

芳香中学

最后一次见他，是他从黄岛渡海来，请我吃中山路上的
一家地下烧烤店。然后我们去旁边的教堂走了走。远处的海很蓝，
那些散透着白光的海轮，像被卡住了一般，永远不动。
直到今天，我在公园席地而坐，还以为湖面的落叶即将拉响汽笛。

2015. 11. 27

烟枝

他比我先下飞机。冬日凛冽的天气里，所有能看见的
几乎都是新的。出租车终于在二马路滨海广场前面停了下来，
将要路演的老年剧团，正从皮卡上，往外搬运琵琶和二胡。
酒店房间恰可俯视他们，他们小小的，脸上的油彩不带任何折痕。

2015. 11. 28

游目四荒

他们北京认识，却要约在沧州见面。
周五下班，他开了一路夜车，过固安，转霸州。
中途，他忽然觉得这个故事全篇该有二十五章。于是他在大城住下，
准备等雪下得更彻底的时候，再告诉对方车坏了，希望她来接他。

2015. 11. 29

雾室

在东直门吃完香辣火锅，一群人里，只有她忽然
说要送他去搭机场快轨。其实，他们已好几年故意回避对方的
任何消息。悠长的地道尽头，列车像一小条白灼过的西兰花，她说：
我要去香港了，爸妈给我买房的钱暂时用不上，需要的话你先拿去。

2015. 11. 29

边界天光

她第三次从金州戒毒所出来，家人没有再出现。
她走了很久，才走到主干道上。后来，她和顺她回城的货车司机
结婚生子。当然，故事并没有那么简单，人们被继续要求不能
随意横穿马路，也继续被要求：在年轻时候，不要爱上一个英俊的坏人。

2015. 11. 29

独乐寺

父亲生意失败，随即失踪，他和母亲变卖了唯一一处住房。
在债主的监视下，他只带走墙上的全家福，而他母亲小旅馆住了半个月
就潜回了陕西娘家。他们很少通话，也已有四年没有再见面。
今年春节，他决定还待在天津，就附近走走，顺便过完他的二十一岁生日。

2015. 11. 30

卜呼吸

他们背着好友，谈了场恋爱，然后平和地分手。
本以为会一直待在北京，但意外去上海一年，再匆匆返回时，
他发现雍和宫人多了很多，海棠枝吐露的嫩芽，仿若人形，
还有香盘里的灰烬，余核，又散开，恰好对应了身外的这个宇宙。

2015. 12. 2

末日物候

那时候我们一家住在库区，父亲是附近林场的伐木工，
母亲经营着小杂货店，她经常要去县城进货，有时候回来晚了，
渡船开到湖心，会停掉马达，静静漂着。岸边漫山遍野都是白鹭，
被淹没的民居偶尔从水底露出来，上面挂满了湿滑的水草。

2015. 12. 3

在冬天

他在大街上，掏出打火机，犹豫了一会，
终于把它点燃。接着，他拿出手机，对准火焰的中心。
被放大的光，晃荡一下，几乎舔着了他的左手。
他想了想自己是怎么走到武东路的，车流里似乎真的有水声。

2015. 12. 4

第三辑

延长

夜舂

生下孩子，不到半个月，丈夫就将她赶进了柴房。
下着小雨，那些细丝无穷无尽地落向水沟里的松球。
她丢下一切逃往外乡，慌不择路中，遇到一个裁缝，
又结婚生子。一九六二年，有年轻人寻到这山沟里，
帮她砍了两天柴。临走时，她用一张皱巴巴的红纸
包了借来的五块八毛钱，给他作为新婚贺礼。她的脸
往他脸上贴了又贴，还不忘在村口燃起爆竹，送他。
火光飞溅，烟雾凸出腾空的雀鸟与沉沉不移的大地
的界限。又过了六十年，这年轻人接到陌生电话。
杨翠芬？他已忘了自己母亲的名字，这有点像一脚
在家门口，踏空。他感觉浑身泥浆，攥住一把蓬草，
才摇摇晃晃地站起来。好一会，他终于确定这并非
电话诈骗，那头就是那个同母异父弟弟的儿子。
他父亲在医院里，头上缠着冷敷束带，奄奄一息。
他抓住护栏，神思用力在所有事物上攀爬，才想起
八岁时见过的那个哥哥。哥哥的生父将他送至圩上，

问好路，让他独自上了这座山。他们的母亲一早
盘好了头发，再裹上酒红色的头巾，手脚利索地
推开了前窗。跟着新丈夫辗转多个乡镇，丈夫的
身影落在手工联社最靠墙的一角，她打打下手，
几年后她用扁担挑着一双儿女，沿着河谷，一路往
云雾里钻，回到了这山无尽头、水笼寒田的高村。
公公早逝，婆婆因邻居诬陷她偷鹅，而在家门前的
香椿树上自缢。丈夫跟着八岁的哥哥，云游湘粤，
两根细竹竿，捧着个破搪瓷碗，常去敲别人的门。
后来，哥哥被收进养路工班，而丈夫去裁缝店做了
十几年包餐饿肚子的学徒。回村初，全家借住在
一座挂坡的吊脚楼。借着月光，透过木缝，看得见
两头白猪相互拱动着，与一头悬着铃铛的大黄牛
相邻而卧。铃铛声不时在孩子们的梦里滑动一下，
窗外的雾气趁机漫进来。年轻人离开九年后某天，
丈夫路上捡到一笔钱，加上半生积蓄，砍树挖泥，
请工求人，用整年才盖起一座两侧带厢房的抖墙屋。
那天，他被指引着走到了石板路的尽头，脱下鞋，
磕掉泥巴，看见吊脚楼门口剁猪草的女人的背影，

他生生地，靠了过去。女人手上的菜刀停在半空，
上面的崩口像一段转弯的田畈。春寒料峭，梨花很盛，
母亲的儿女伸长手脚，正在炉膛边烤火。他们一早
砍的柴就堆靠在墙角，湿湿的，枝丫上的苔藓翻转
过来，露出一丛芜凉的根。现在他几乎放下了警觉，
他边听电话，边往那座已用于养鸡的老祖屋走去。
青砖黛瓦之间，有意用石灰勾勒马头墙高飞的翅角，
它们沿坡鳞次栉比而上，举头望去，仿若无数黑羽
在薄雾中，被缕缕晨光所抬动。他的父亲戴着瓜皮帽，
伫立神龛上，静视着他。鸡群从土坑里跳上了风车，
又沿着墙根，窜走，伺机从朽烂的门缝钻到侧屋去。
稻草堆里，零零散散地，留下一摊蛋。他随意捡起
两个，去拂上面的鸡屎和尘土，再小心翼翼地
揣进兜里。母亲走后不久，他便被送至邻村寄养。
那家月婆一边背着他，一边奶自己的孩子，每半年
会去父亲那领钱。有时半路上会转道圩上去割点肉，
一屋子的孩子，哄抢着去舀那碗大半是水的肉糜汤。
他端碗走出门厅，远远地就能看见这座黑漆漆的
屋子像一方洇湿的火柴盒。有天深夜，他摸黑而来，

颓坐在门槛上，四下无声，门墩上那只被凿去一半
的石鼓冰凉凉的。电话里传出的城里话令人愉悦，
而老井边，那些强莽女人挥棒捶衣的响动，不时被
马路上蔓延来的汽车喇叭声所扰动。留驻村里的人
越来越少，返乡盖楼的人越来越多。被鞭炮废屑
包围的谭氏宗祠，只剩一座孤零零的雕花老门楼，
穿过它，罗马柱扎入泥土，瓷砖铺向雕龙的香案，
捐款的红榜，盖住了描金门神那剑拔弩张的大脸。
他的女人手里攥着橘子，正从村口走来，驼背使她
的胸腹与大腿几乎交叠。毕竟一晃已过了六十年。
她新嫁来时，据说像极了他母亲，飞起一双大脚
在田地里流窜，可以挽起一园子的红薯藤，拖到
半里外。但她为他生了两个女儿后，身子似乎就枯了，
她变瘦、坍缩，相继挤出肚子的两个男孩，又像是
从她身体剜出来的两团肉，脸上的血色随着流不尽
的汗珠，离开面颊。大女儿远嫁江苏，小女儿嫁至
附近的温泉镇，小儿子常年在广东打工，留身边的
大儿子，就是那个可能全村唯一知道他乳名的村干。
那个病床上的同母弟，仿佛又轻声念起了他的名字。

远远地。火顺。谭火顺。他仿佛听到了母亲唤他
名字的声音。屋侧的水沟边，梨枝几乎抵住了屋檐，
杉皮瓦末端是碗状的缺口，雨水汇集一夜，也不过
多出了一些滴答的回音。可现在，他竟忘了母亲的
名字。要不是这个电话，他极可能不会再想起她。
他也七十八岁了，他父、祖都没有他活得那么长久。
二十几年前，第一个孙子降生，亲家正好杀了猪，
把一块贴红的大蹄髈送了过来。大黑狗悄悄靠近，
嗅了又嗅，舌头刚飘出来，他操起扁担就抢了过去，
狗丧叫着，奔出腰门。忽然，他就想起了母亲。
那一天，母亲或许亲了亲他的脸蛋，掖好被子，
又往上面盖了些干稻草，然后从窗口滑了下去。
她刚结痂的伤痕，再度在砖面被拖动，鲜血很快
像乳汁一样，鼓出来。墙根很滑，她的脚只能探进
屋檐下的窄窄的水沟里，慢慢摸索。那些鸭子不像
平时那样嘎叫，只安静地，挪动着肥硕的屁股，
从她身边挤过去。她看见它们身后搅动起的水花
浮起了些新稻芽。她爬上后山，极力甩动着手臂。
茫茫夜色，借着大风淹没她，仿若一床新棉被，

漫无边际地，往她柔软的腰腹和一头吹散的长发
覆了上来。他想知道她去世时间。哦，一九八〇。
在这个不曾谋面的侄子出生前十四天，她从昏睡中
醒来，叫来挺着大肚子的儿媳，要她爬竹梯上楼，
去大廒的谷子里，寻她为孙子藏着的两双虎头鞋，
四块袁大头和一把长命锁。刚刚离开的女儿此刻
刚翻上那座泥房后的大山。山顶突出一块巨石，
万丈崖壁下，瑞金村像一张张疲沓的狗皮膏药。
母亲的哭声凄厉而低回，那找不到的银元像田埂
缺口处松垮而下的一堆湿泥。她的脸渐渐变得
苍白，她想吃的一盘蕨菜停在灵床对面的方桌上。
也许就在那个早上，他背起柴下山，一群竹鸡
从前面弯道的刺丛中腾起，林间蓄积的响动铺开，
又很快销尽。翠芬，杨翠芬。十五岁前，父亲没有
让他回过家。他常把两头水牛赶进村外的溪水里，
看着那些小鸬鹚扑棱棱地潜向水底，往河的下游
逃去。关于母亲诸多的闲言碎语，从未伤害过他。
湘南刚解放，他告诉自己，母亲其实是闹了革命，
很可能随着大军已经到了海南岛、云南或是西藏。

后来村上来了文宣队，他在枪林弹雨、红旗漫卷中
照自己的脸，寻找母亲。那群戴着五角星帽子的
女人裹紧棉大衣，横坐拖拉机车斗里，渐渐在
漫天大雪中消失。她们胸前五颜六色的毛线围巾，
继续在他梦中，飘荡了好多个晚上。终于他长大了，
父亲叫人来接他回家。他找到儿时包裹自己的那堆
旧棉絮，与父亲及他那两个开花不结果的老婆娘
在同一屋檐下做了陌生人。那时这座高大火砖房的
另一半已分给了一户贫农，他家的孩子在窗头的
"万蝠招来"的壁画上，添上了各种粉笔小动物。
现在，他扯下墙头废报纸一角，卷了一把烟丝。
舌一舔，火星闪烁，烟雾爬升他黝黑的面孔之上。
他父亲有一把铜烟杆，末端接着玉烟嘴。他常坐在
太阳底下叼起它。一双文鸟会从笼子里自动飞过来，
稳稳地停在烟杆上。烟一冒，鸟儿就展翅跃到旁边
的桃树上。父亲后来成了鳏夫，草草埋葬了祖父，
也在九子山为自己找了一块朝阳地。直到说定媒，
又下了聘礼，父亲才突然说，婚姻，乃媒妁之言
父母之命，得去认个亲。那个整日戴着瓜帽的老头，

十几年前自己也走了差不多崎岖的山路，穿过同样
如海荡漾的竹林，在一张雕花木床前，第一次拾起
想来将会与自己生活一辈子的女人的手。八抬花轿
落在村外的廊桥里，天气热火火的，两岸不同的
蝉鸣声纠缠在一起。他上过私塾，又贩过几年盐，
南来北往，脸上的笑容朗练而舒展。但他没有想到，
木头里也有波浪，绣花针尖上也起漩涡。湘粤古道
的青石板像雪花，粘在马蹄上，而季节反复更换。
边走边问，两天后，他才和父亲到达这个岭北小镇。
在手工合作社，他见到了母亲嫁过来的那个裁缝。
那是个比自己父亲更干瘪的老人，缝纫机的踏板却
在他脚下有节奏地飞动着。听说他姓谭，从宜章来，
大概就知道他是谁。裁缝收拾东西，把他带到河边，
往山里指了一条路。山很高，他爬了好几个陡坡，
仍看到尾随自己的父亲，坐在河边的一块大石头上。
他渐渐变小，绿锦烟袋上，那个磨颓的福字也
针脚散开，玉烟嘴碎在灶台上，而那些悬在梁上的
腊肉，在烟熏火燎中，散发出一种时间的香味。

说实话，他本以为母亲会过上更好的日子，为此
在第一次见到她后，他便决定不再进出她的生活。
回到家，有一次看到集体出工的人群中一阵骚动，
隐约听到一个贫农出身的壮年社员，在对一个
应该是富农身份的人大声呵斥。他快步扒开人群，
又一声不响地快步离开。现在他知道，嫁给工人
的母亲的农转非指标，被乡党委书记挪给了自家人，
而她只能带着一双儿女返回老家种田。偶尔她会
下山去粮站买属于丈夫的那份国家粮，孩子们都
等着她回来，往那锅红薯汤里，多撒入一把白米。
母亲的墓地该在屋后山上，冬天定漫山遍野都结冰，
竹子倒伏下来，压在各种低矮的灌木上，野猪们
趴在草窝里，它们身上的横纹像砍在石头上的
一道道刀痕。天上的云，变得稀薄，越吹越远。
他自己也老了，漆好的棺材，盖着一层塑料薄膜，
已经在二楼的房梁下，停了十几年。半夜有时
他会听到咚咚咚的声音，在头顶响起，间或还能
听到流水潺潺。好几次，他披衣，推开门，看见

树影在月光下晃动，门前的空地上，稻垛倒塌成
一个半圆的扇面。他轻轻放下电话，松开指尖的
烟头，准备进城去。

2021. 3. 13

慕《白马篇》而欲访曹植墓

从欧洲回来，处理完一些棘手的事，
我躲开初夏的烈日，去了一趟长江口。
浊水拍岸，滩涂外，草荡却是碧色连天。
回来，我便答应他去聊城。我们踏上
东昌古城的城墙，已是第二天的黄昏。
芦苇把霞光分成细丝缕缕，而远处的
摩天轮，毫无动静。他举起自拍杆，
护城河里的沉船，也浮出高高的桅杆。
我们在济南会合，再上了最慢的火车。
这似乎是第一次我们对面坐着，望着
窗外的景色，从丘陵往平原变化。
在京郊古寺里禅修了半月，他已不再
总抱着手机。那时山上很冷，树木粗壮，
但叶多已凋零，小公交只能停在离下院
还很远的地方，披着海青，他有时会
瑟瑟发抖。结束后，他取回手机，给我

第一个打了电话。光岳楼上可见方正的
古城四面水茫茫，隆兴寺铁塔从无数
屋顶中，露出黝黑锐利的塔尖，还有
大运河带着风樯阵马之快意，几乎绕墙
而过，但城内那些属于普通人的废墟
吸引他。我父亲年初过世，他从广州
去陪我母亲度了一个周末。他找到一座
只见过网照的小庙，就在大片油菜花
的边上。蜂群漫天飞舞，有时就团落
麻石院墙顶端伫立的宝葫芦上。庙内
除了嵌入石壁的男女神仙像，再无他物。
他们烧了些烛钱，又要我在电话里向
先人们喊应了一番。我得以安然远行，
而他不久辞去工作。古城终究是古城，
荒寂院子里的人们毫无留恋，中式豪宅
重新翻耕泥土，试图延续岁月的肌理，
只有瓦砾，默默吐纳着剩余的气息。
刚开始我跟着他走，后来他跟着我走。
从西到东，从城内到城外。他不怎么

说话，外物向我们铺陈开时，姿态都
胜于雄辩。到大码头，品了会镇水兽，
再沿运河往南。坐在基督教堂的木椅上，
玻璃将阳光，反射在漆红的天花板上，
前面中年女信徒们的背影，一片花绿。
人间兴废古今同，在她们面对陌生人
温煦又谨慎的笑容里，我们并没听到
比以往动听的赞美诗。剩下的山陕会馆，
门楼陡耸峻丽，院落渐次升高，幽深，
朴旧。穿过戏台的窄门，于苍柏之间
站定在"大义参天"匾额前。我想起
关羽一身绿战袍，捋髯按剑，凤目微合，
而他忽然哼出几句不着调的《华容道》：

　　　叫小校回营报，就说关某放奸曹，
　　　七星剑，把头削，一腔热血染战袍，
　　　盖世英雄辜负了，汗马功劳一旦抛！

回到酒店，他将音乐放得很大，一边

进浴室洗澡。窗外，灯光扰动下的夜色
并不纯粹，如他脱下的衬衣，灰白红
像固定于方格之中，又像在交叠中流动。
出来，他说曹植墓就在五十公里开外，
订好了一早的车。鱼山，我说我知道。

2021. 1. 10

谒安阳曹操高陵

他们一前一后下飞机。在天上，
他们看到的大地是一样的，苍黄
又赫赫有名。只有道路深如堤坝，
把锯末般蓬松的屋顶，远远拦在
群山之外。他摘下耳机，起落架
摩擦漫长的跑道，纪录片见过的
河川人事，仅剩咫尺之遥。夹在
运煤大军的缝隙里，车开得时快
时慢，尘雾浸润郊野，烟囱重复
修改着云层的颜色。记得几年前
他到邯郸，邺城的落日硕大无朋，
猩红之芒，压在讲武城遭降解的
土围之上。人们纷纷走进玉米地，
寻找一两片深具光闸之姿的狭叶。

此刻车笔直往南，他盯着地图，

忽然示意右拐。穿过低矮的函道，
乌鸦起落红色高墙之内，半坍的
坟丘边，被勾画在汉白玉石像里
的兰陵王，雄姿英发。而五里外，
遥遥相对的孝静陵下，众多轿车
逶迤着，缠绞在一辆收菜车之后。
青砖砌成的步阶，往天子冢之巅
延伸。风愈冷，塑料袋漫天飘舞，
他停在别人烧起的一大把烛火前。
他刚回过崂山，姥姥退缩病痛中，
她脸上的光与散射而入的灯光在
互相抵消。他第一次抚着她的脸，
感觉人生最后只会溶成一团睡意。

半小时前，在出站大厅看到对方，
他把拉杆箱远远推了过去。早他
到达的那些事物，某时也都只是
空荡的负重者。他的手指向前方，
平原随之沉入昏冥，草木稀稀又

重重，如地平线阔绰无垠的黑边。

事实上，有两年，他好像忘了他。
遇到，面对面坐着，在所有听到
的故事里彼此辨认。仅有次酒后，
看到河心树桩上一动不动的夜鹭，
竟在小区的喷泉上空盘旋，他们
隐隐觉得随之响起的雷声，富有
晚春的深意。后来，他常来杭州，
西溪湿地像整个南方唯一的航道，
船尾拖开长长的水线，南屏晚钟
在他们的注视下，曾久久地回旋。

傍晚，后视镜上的红绸，哗哗响。
漳河上的桥，一默中就已经过去，
隔着窗，岁月枯荣腾跃风尘之上。
望见往西高穴去的路牌，他忽然
觉得身体里满是迁移而来的磁力。
疯魔转虚寂，恍恍又栩栩，物象

凝定，夕光奄奄一息。终于停下，
曹操墓被围在一座喧闹的工地中，
工人搭建起巨大的钢架，即将用
玻璃幕墙，将墓室罩起来。他们
戴着安全帽，缓缓地步下墓道。
墓门已封闭，走在陡深、被刮平的
斜坡上，他希望落下大雪，希望
荒草丛生。他摸了摸粘在鞋底的
黄土，越过横梁，看了看前面的
他。

2021.1.6

猎兕山

他们冒着严寒，爬到山顶的石窟，
山门还没有敲开，新年第一天就来了。
僧人握着点燃的香烛，引他们到正殿外。
前几天下过的雪，仍留在石阶两侧，
深广的屋檐在其上，落下月光的虚影。
锁被小心打开，佛在一块巨石上识别
他们脸上的静默。五彩光焰从他身后
像层层波浪一样，漫上龛顶。双膝
刚落向蒲团，就听到外面响起了钟声。
他们掌背平贴地面，额头几乎要触到
莲花座下碎裂的石板。雾气从外面
慢慢荡进来。他起身，想到的是路上
石子被轮胎轧得飞溅，而夕阳透过
车窗，照在后座一堆散开的柿子上。
双手合掌，心中又默念片刻，他们
打开手机里的电筒，去查看佛衣上

交叠又舒展的一段璎珞。他在半山亭
已和母亲视频了一会，他看见屏幕中
的自己，像黑暗深处涂了白漆的树枝。
凛冽的空气，似乎无法溶解背景中
跨年晚会的欢呼，他挂上电话，只是
朝他微微一笑。洞窟的门被一一解开，
僧人回房，继续往炉膛中添加煤块。
他们在一个小窟的佛像前，铺了一张
防潮垫，坐下来。燕赵大地融成混沌
一团，几乎完全被俯视，也被他内心
所概括。他们的呼吸，像自行车在水中
划动，僧房屋檐下放置的几棵白菜，
仿佛也有分出长长的影子，竖在墙上。
他们想服下同一颗流星。

2021. 1. 1

到故涯

第一次见面，他们沿江走了很久。江水几乎见底，有人蹚到江心的巨石上去夜钓。石梁桥两侧的霓虹灯，散在水面，长长的钓线，将它们接引到煦暖的夜风之中。不多时，他们身后的背景，被轻轻抹动，与他们擦身而过的人变得模糊，然后全部被月亮穿破的云影，以及凌乱的树枝所替换。

从铁路涵洞边的便道上去，就岔到了何家祠门口。门楣悬着红绸，香筒边缘处还闪着些火光。一旁横了几张塑料桌的鱼粉摊，有不少开车来抢碗的食客。不锈钢碗爽利地落往桌上，撒上葱花的米粉，跷腿少女一般，浮在一层肥厚的红油上。她独独拨弄服务员最后添入的荷包蛋。溏心从焦皮里一点点鼓出来，混合到汤水深处。他停下筷子，看她。筷脚缓缓地，在米粉中，翘起来。

她起来往外走，香烟碰着了桌角，剐蹭出一连串带黑点的火星。左拐，穿过老美术印刷厂，又从出土过简牍的古井边上坡。那些老居民区碎在一片浓阴沉沉的槐树林中，恋旧的老人如宣纸上洇散的墨团，暗暗地坐着。转弯时，她用力去拉水泥梯的瓜棱扶手，打火机从手里掉了出来。她向后瞥了一眼，继续向前。昏郁的灯光像是拼接在一起的，树影连续晃动，楼间乒乓球台上晾晒未收的辣椒，仿佛专门为此刻留存的一丝唇色。到了一座三层的红砖楼下，绿搪瓷罩拢住白炽灯紧贴门顶。他忍不住冲上去拉她的衣袖，她反身抱住他。

故事结束得有些无奇，我们还没有听过他们戏仿一位早逝的天才诗人的朗诵，还没有搓手站起来时，回顾台阶上曾有一抹无以描绘的斜阳，它涌流出透明的泪水。其实，每个人都探近过镜子，但只有最少的少数人往其中加入了自己荒僻的身体。身体的一部分和另一小部分。它们像茫茫大雪，在任一孤耸的夜晚，都可能覆盖那条事实上宽得一望无际的大江。

真实且没有下过判断的潮镇，被有意放在了叙述的转向里。其实，夜钓的人在水中走了很久，额前佩戴的矿灯，引来了黑压压的蝙蝠围着他翻飞。石梁桥一头无边无尽地扎入海湾，那些离乡、出嫁，以及那些被装在木盒子里、忍不住在异乡痛哭的人，都要在上面的石板路走一年。走到一半，会有十三座桥墩，中间以浮舟联结。每个桥墩都安置如人一般高的佛龛，水汽缭绕，油灯昼夜不熄。亡者之名都一一刻在佛座前的石板上，蕨草从石板缝隙中钻出来。而桥另一头伫着一座松木搭建的龙舟亭，龙舟长长的，随山形而卧。婴儿换下的第一枚乳牙，堆叠在亭脊的瓦片之间。亭脊有时半夜会窜出蓝色的磷火，于是人们在四周旷野中，放置无数巨大的水缸。缸沿滑滑的，悬在梁上的电风扇搅动的风，也湿湿的。

他此刻已坐在床边。她的身体平铺在床的中央。她将自己抵押给了表皮，体内的溶液在晃荡。骨骼溶解得如此彻底，指甲蜕成了十枚留下一点猩红油迹的茶芽。这个时辰，她母亲永远在外面打麻将，而他一进房间就试图确认书桌上是否有茉莉花。花盆留下一圈水印，垃圾桶里全是原色的纸巾。她父亲的骨灰就埋在这个花盆里。他将她的双腿架起在了肩上，差不多就要裂开了她。他脑中忽然跳出了无数鳞片：它们在一把刀的上空，像收网时的鱼那样，暴烈，纷纷龇出白牙。

过了好久，看见花萼跳动了一下，他将手收回自己身体一侧。他用了整整两年，离开和回到这里，用第三人称说话。拉上拉链，掩上门，等感应灯灭掉，他感觉马上就要到家了。他准备先调好豆膏和茶油，再将干粉切成宽窄不一的长条。

2020. 12. 18

晨昏不动

他死的时候，我就在身旁。我看到了太阳。
太阳像诗，浓缩成一点，晃到了他对面的墙上。
他说"继续"。桌子上还放着一个纸杯，插着
橘红色的吸管。他变成了一个完全不同的人，
所有故事在他这里都已没有了开头。紧闭
双目，他的手跳动。他是叙事者，虽然被子下
他的腹部比几个月前收缩了很多，灰白的阴毛
像一把用旧的扫帚。我把他的手放进自己的
手里，两个物体叠加的重量，让人容易感知
沉默家庭成员之间隐秘不宣的联系。我们没有
最后的对话，但我注意到了监视器发出的声音
似乎在将我四周熨平。儿子给他修指甲，将他
放在马桶上，蓬头对准他的头发。水流让它们
统统下垂，又中分。他没有信心，也没有决定。
他有时说话，略显浪漫，又感到他在语言上
早已孤立独行。农村生活的经历，让他注意到

回家离家的人都疲惫不堪，或者躺在病房床上
抽烟，其实也能在雪地里点燃埋在深处的松针。
如果来的人再少点，老面孔们都戴上小时候的
面具，再一一重复些鬼怪故事，他就会多匀些
时间往水泥墙里挖个深洞。我感觉有那么一秒
他的呼吸落在了他下巴外的某个位置，翻耕过的
水田，闪耀着铁犁的光泽，下腹的伤痕也变为
积累在身上的水洼。有人进来，有人往外退去。
进来的人带着推车和黄色的袋子，阳光明晃晃，
比任何时候，都炙热地，横过玻璃内部的凹槽。
我在这篇小说里，首次写到男孩父亲的离世，
并且提前判知那个晚上的月亮将再度生机勃勃。

2020. 12. 13

泥噪过乌崧

她将录音笔从床底取出来，刚按下回放键，就听到了外面
开锁的声音。她侧身佯睡，用意念在自己周围勾画了一个
大大的卵。姐夫的脚步和他的脚一样幽亮：让怀里的快递
滚落沙发，再如往常，将衔在嘴里的钥匙，吐进鞋柜上那盆
看起来长得骄纵的文竹底下。然后浴室的玻璃门被推动，
水珠在地漏的缝隙里，分开又被缝合。再后来就悄无声息了，
她也借着困倦睡了一觉。手机忽然在被窝里振动，像一条
披着金属鳞片的白浪，而窗外霞光渐渐变成了一团带着果肉
的红色涡流。她到阳台，撩开自己那些花花绿绿，甚至还
阴湿的衣裙。她的手有点涩，有些黏稠。她听到灶上煲的汤
把盖顶得咚咚响，正想转身，看见阳台另一侧，他只穿内裤，
高高的，倚着栏杆。霞色调大了窗口的光圈，那些烟灰
在他指缝间，像故意从楼顶施放而下细细密密的水雾。

2020.9.26

155

睡目照影饱

在山顶，就已阴云沉沉。从出租车上，回望刚通过的
悬索大桥：像两把橘红色雨伞，汇接在汽笛悠长的江心。
他找了家理发店，洗头，又就近买了衬衣，换下湿T恤。
对方就在商场儿童乐园的彩球堆边，等他。她的目光落向
他的那两三秒，他左脚在黑色大理石上，稍稍划动了一下。
火锅店前等满了人，他们隔一个柱子，坐着，翻动手机。
上一次他来武汉，已是十年前了，黄鹤楼上看到的江面
似乎比今天的宽阔些，小渡轮太像一条漂浮水面的苹果皮。
这顿饭吃得有点快，但出来的时候，天还是已经黑透了。
同来出差的同事们，还在武昌等着他喝酒。手机屏幕不时
照亮他的脸。他垂下两道手臂，拍拍身体两侧。汽车带来
的薄雾，像一件软家具。广场上，人们随音乐，摆动着
长长短短的身躯。快到地铁，她轻轻地，在路边摊坐下。
一瓶哈啤，两碗热干面，她又要了个打火机和一包楚风。

2020. 7. 16

暗晡晚落水

他几乎每天深夜才结束工作，回到家，我都已睡着。
有时，会听到他洗澡的声音。那些水流不紧不慢，
要在他身上辗转很久，才旋进地漏。他的脚终于
从门缝漏出来，热气腾腾的，地毯的一角翘起来。
他往往会斜在沙发上抽会烟。那时他在地下赌场
做司机兼采购员，时刻他都准备成为发令枪冒出的
一缕青烟。他习惯利索地启动车子，倒车，单手
轻松扭转方向盘。沙砾滚烫着，花花绿绿的人们
像被鸡油爆炒过的饭粒。后来他掀开被子，从身后
来抱我，紧紧地磕碰我。金鱼缸发出硫黄色的幽光，
水草丛升降，仿佛也一并晃动着蝉羽一般的尾巴。
他停了下来，暗中摸索台灯的开关，烟再次点燃。
我就伏在他胸口的龙形刺青上，听我母亲发来的
一条长长的语音。

2020. 5. 28

当昼有人客

跟他分手大约两年后的暑假，我从广州回到家。
我母亲有个小百货，每天来买东西的，多是游客。
那天在里间看电视。天很热，有两个男人撩开
风扇吹起的门帘进来，其中一个开口，询问檐帽的
价格。那把声音，沙沙的，跟他几乎一模一样。
我松开在指间翻卷着的电话线，迅速走出来，
落在柜台一边，看着那个男人与母亲砍价、聊天。
有意思，他甚至，带有他那样的口音。客家人
说话，嘴巴里像有荡开的地火。当然，他们长得
丝毫不像。我全程听他说话，看他耳梁上的香烟
摇摇欲坠。后来他们走向了海滩，我只是攀住门
看着他们远去的背影：烈日将他们化成了一长条
黏在礁石上的五彩斑斓的鱼油。

2020. 5. 26

十之八九故事集

1

那是二〇〇八年，与友人们游重庆。

隔日，他独去大足。遇雨，下山晚了，便借宿

邻近的农民家里。至深夜，需分其床而睡的主人之子

才从外面打桌球回来。他们聊了好一会东方明珠塔

和其实他也少去的酒吧。第二天，他陪他进城。

他送了他一块西铁城。又下起了雨，说了一路山上

的佛像，然后他再次回到他家里。山坳里的小四合院，

插满玻璃碴的砖墙，屋后便是竹林。早上起来，

笋都从黄泥里钻出来，毛茸茸的。

2

他们约在美美百货门口。比起照片，他的

鼻梁上，多了两道疤。他陪他从磁器口玩到洋人街，

请吃九宫格。晚上回到酒店，站在阳台，可以看到轻轨

沿江蜿蜒而行。接着，他读了研究生，留在一所不错

的中学里，教数学。后来，他们剩余的见面地点，换成了
上海。他深夜从机场打车到他家，洗一个澡，吃点他
做的夜宵，喝点啤酒，再回早预定好的酒店。有段时间
他们没了联系。看到朋友圈里，他买了房，搬到了近郊。
但多数时候，他是需赶早的房客，在世界各地，渐次醒来。

3

福州有三坊七巷，还有他就会做的醉糟鸡。但他已
安家厦门，偶尔回去看看住大厝里的外婆。他离开北京，
两年恋爱，一身疲惫，不得不靠吃药、健身后的疲倦入睡。
后来出差上海，在朋友聚会上，他们竟然再次遇到。
他双手抓紧话筒，在一角，陶醉般地唱刘若英。后来。
后来，他卖掉了本为他而买的房子，把阁楼上满地的乐高
也清理一空。他瘦了二三十斤，父母请假来陪了一个月。
刚认识时，他有更多规划，仿佛生活每天都是抒情的形式。
现在，他的住处面朝海湾，一座大桥被长长的铁索拉紧。

4

新冠期间，他被困老家。每天接近黄昏，都会躲开人群，
陪母亲，去爬石老人附近的荒山。远处依旧会有捕捞船靠岸，
将参胆、鱼虾铺地上售卖。在广州，他好几次到处找新鲜的
鲅鱼饺子。他们就拼桌坐在了一起，又很快在星巴克遇到。
接下来的整月，他差不多全国各地采访。欢乐是不讲理智的。
他晚睡，早起就去找泳池游泳。他大力划水，也潜入池底，
或者不负责任地，留在一个人的身体里。他的肠胃开始变好，
坐在鱼粉汤前，滚烫的红油，像熨帖的浓辞艳赋。他吹开它。
自然从天空涌出的月光，不是泉。有人走近，他远在松下。

5

结果，他真搬到了镇上去。大金桂移来不久，就开了花。
又挖条明渠，引山溪，拐进院子。树底摆定桌子的时候，
余杭城里，也应该天暗了。几年前，他就站在珠宝店门口
等他。瓢泼大雨，浑身都湿透，他要他从后座爬到副驾驶去。
车速慢下来，时间却过得很快。一个人结婚，另一个看到
雨恰好停了。他用脚边的青草，将新买的鞋子边沿，又擦了
一遍。他跑去上海，正赶上世博会。父母在外滩密不透风

的人群里，好几次低头寻他的手。似乎所有风都从海上吹来，有人在船上走来走去，身后的滩涂比任何东西都像一条灰线。

2020. 4. 21